AF384437

LETTRE

D'UN

AMATEUR DE L'OPERA

A M. DE ***,

Dont la tranquille habitude est d'attendre les évenemens pour juger du mérite des projets.

A AMSTERDAM,

Et se vend A PARIS,

Chez COUTURIER pere, Imprimeur-Libraire, aux Galeries du Louvre.

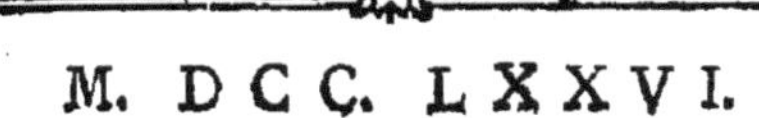

M. DCC. LXXVI.

AVERTISSEMENT.

AH ! *que c'est bête !* * a paru ; on dira peut-être de nos idées *ah ! que c'est mal vu !* ou bien *ah ! que c'est inutile !* peut-être même ajoutera-t-on *ah ! que c'est bête !* qui sait ? en tout cas cette idée ne viendra pas de nous ; & je prie d'avance l'Auteur d'*ah ! que c'est bête !* de mettre ce plagiat absolument sur le compte du public. Les gens après cela sourient à la subtilité de leur jugement ; se caressent le menton, ou relevent, avec un grand contentement d'eux-mêmes, *leurs jabots*, & s'en vont en laissant le Livre, ou la Brochure qu'ils ont eu le mérite de juger tout de suite sur le titre, & sans se mettre en peine du reste de l'Ouvrage.

D'autres veulent que tout soit *court*, mais très-*court* dans les livres, & les Brochures, & bornent à cet article toute la sa-

* Petite Brochure nouvelle.

A iij

gacité de leur jugement : voici pour eux.

En fomme, l'Amateur de l'Opéra avoit rédigé par écrit fes idées fur les moyens de ranimer le zele de la Nation pour ce Théatre, & de parvenir à une réforme efficace des abus qui en écartoient de jour en jour le public. Comme nous allions mettre cet Ouvrage à la cenfure, un très-beau réglement a paru ; nous en parlerons à la fin de nos Notes ; dans le corps de l'Ouvrage nous marquons auffi les articles du Réglement qui a déja rempli une partie de nos fouhaits. Mais comme le Réglement n'embraffe pas l'enfemble de nos moyens propofés, & que *le fond* de notre projet n'eft point entamé, c'eft ce qui nous a déterminé à perfifter dans la réfolution de foumettre le réfultat de nos idées, & de nos moyens à la cenfure, ou au fuffrage public par la voie de l'impreffion. Ce projet fe réduit pour les *Brevimaniaques* de nos jours aux fimples réflexions fuivantes.

Tout Spectacle public n'eft *brillant* & *intéreffant*, que par le *concours*, & *l'affluence* du Public; donc il s'agit d'attirer, & de fixer à ce Spectacle le Public.

Pour y réuffir, *il faut des moyens.* Or, qui indiquera ces moyens? le feul Public. Donc en fecond lieu il faut confulter ce Public, & il eft le feul maître auffi en matiere de goût, de jugemens, de fuffrage & de cenfure, digne d'être écouté, & de montrer aux talens de tous genres les routes de la gloire, & les fecrets qui y conduifent; il n'y a que lui qui poffede ces fecrets là, qui font difficiles, & qu'il aime cependant affez à communiquer.

Maïs dans notre efpeçe, où les communiquera-t-il ? voilà le *hîc.* Avons-nous trouvé le lieu convenable, le feul même où il foit dans le cas de les révéler? c'eft ce que le Public nous apprendra. En attendant qu'il joigne fes réflexions aux nôtres, nous indiquons le magnifique emplacement & la fuperbe enceinte du Colifée (*a*). Voilà

(*a*) *Voyez la note premiere de M. de la Harpe fur fon Éloge de M. Racine. Ses defirs font conformes à ceux de tous les Gens de Lettres, & peut-être fera-t-il avec eux tous de notre avis fur le projet que nous agitons.*　　　A iv

pour ceux qui aiment de *courtes expofi-tions, & que tout foit dit en peu de mots*; peut-être en avons-nous encore trop dit pour ces gens-là. Mais qu'y faire ? Un Ancien, dont l'autorité eft d'un très-grand poids, fe moquoit sûrement des *Brevima-niaques* de fon fiecle comme du nôtre, quand il donnoit ce beau précepte : *A force de travailler à être court, je finis par n'être plus entendu.*

Nota. A l'occafion de notre projet, nous traitons auffi, dans les notes fur-tout, de quelques particularités des autres Théatres de cette Capitale ; des dégoûts donnés tant aux Gens de Lettres, qu'aux bons Muficiens, & des vœux qu'ils doivent faire avec nous pour l'adoption de moyens qui tendroient à l'intérêt général & à la gloire de tous.

LETTRE

D'UN

AMATEUR DE L'OPERA

A M. DE ***,

Dont la tranquille habitude est d'attendre les évenemens pour juger du mérite des projets.

C'EST une vérité d'expérience journaliere, Monsieur, que les vues les plus sages, & les meilleurs projets sont toujours exposés à être contredits, & que si avant d'entreprendre, on se proposoit de réunir tous les suffrages, & de parer à toutes difficultés, il ne seroit jamais possible de rien résoudre ; aussi ne me suis-je pas flatté d'être au deſſus de la contradiction , & de ne vous laiſſer rien à deſirer , quand j'ai mis par écrit les idées dont je vais vous rendre compte, & au public, ſur les moyens qui m'ont paru les plus efficaces pour détruire les abus, qui, depuis plus de cinquante ans , précipitoient l'Opéra vers ſa ruine, & ont enfin excité le zele d'une Compagnie reſpectable pour la réformation de ces abus, & la· reſtauration de l'un de nos plus magnifiques Spectacles.

Ce qu'il m'eſt permis d'avancer, c'eſt que depuis quinze ans environ, j'ai lu à peu près par forme de délaſſement de mes autres occupations, tout ce qui a été remarqué , relevé & propoſé pour atteindre cette indiſpenſable réforme , ſoit dans les Journaux , les Gazettes étrangeres , les Préfaces des Auteurs , ſoit dans des Brochures , & dans tous les Mémoires & Ecrits particuliers, qui, récemment ont inondé le Public, contre les vices de l'adminiſtration de la Comédie Françoiſe ; & aucuns de ces Ecrits , Journaux & Mémoires ne m'ont ſatisfait en indiquant des reſſources *auſſi sûres* que de facile *exécution* ; car ce ſont là deux qualités eſſentielles à tous projets qui ont pour but des améliorations quelconques ; il faut *sûreté* dans les moyens imaginés pour réuſſir, & *facilité* d'exécution· : vous jugerez donc, Monſieur, par l'expofition de mes idées, fi elles renferment elles-mêmes ces deux qualités préalables : commençons.

PREMIERE RÉFLEXION.

Pour jetter fur la matiere que je me difpofe à traiter toute la clarté poffible, & ne confondre aucuns des objets diftincts qui naturellement doivent faire claffe particuliere, ma méthode va confifter à les faire, en quelque forte, dériver les uns des autres, & à en préfenter une fommaire difcuffion en autant d'articles, que nous qualifierons du titre général de réflexions.

Et d'abord, qu'étoit l'Opéra à fa naiffance parmi nous ? Quel fut la forme de fon gouvernement, & quel genre de procédés étoient-ils employés pour fon fuccès ?

De femblables queftions ne font nullement étrangeres ici ; lorfque les commencemens de tout établiffement quelconque ont été heureux, il convient de rechercher les traces des vices qui ont altéré fes fuccès, & de puifer fouvent dans la comparaifon des procédés, le remede, ou les moyens de faire difparoître ces vices.

Il feroit inutile de reprendre l'hiftoire de l'Opéra ; elle eft écrite, comme celle de nos autres

Spectacles, dans biens des Livres, & des Calen‑
driers.

Ce qu'il est uniquement important de rappeller, c'est que le privilege exclusif en fut accordé à Lulli seul ; que Lulli seul en avoit la direction suprême pour toutes les parties ; ainsi Moliere avoit celle de la Comédie Françoise ; en un mot, c'est que Lulli, comme Moliere, étoit homme de génie ; homme dont le coup d'œil sûr em‑ brassoit en grand tout ce qui étoit nécessaire pour amener & fixer le Public à son Spectacle, talens essentiels qui avoient manqué à Perin, prédé‑ cesseur de Lulli ; c'est que l'autorité souveraine & législative de ce dernier s'étendant à tous les détails, & à tous les ressorts d'une machine aussi compliquée, n'étoit, sous le bon plaisir du Roi, balancée ni contredite par personne ; Lulli la pous‑ soit même jusqu'à donner des coups de pieds dans le ventre d'une Actrice dont les goûts, & les plaisirs ne contribuoient pas à augmenter ceux du Public, & à casser un violon sur la tête d'un *Concertant* de l'Orchestre, ou trop paresseux pour jouer la musique écrite, en lui substituant des notes, ou des airs de fantaisie, ou malveuillant, & se proposant de nuire aux succès, & à la gloire de la musique du Maître. Nous ne citons pas à la vérité ces deux traits connus de tout le monde, comme des modeles dignes de figurer avec la politesse & l'urbanité de nos mœurs ; mais peut-être ne seroit-il pas inconséquent d'assurer qu'avec moins d'autorité, & d'empire sur la multitude des subalternes obligés de concourir à la perfection de toutes les parties d'un Opéra, pour l'exécution brillante duquel il faut un peuple de sujets, Lulli n'eût mérité de ses contemporains, & de la postérité, ni le nom d'un grand homme, ni la gloire d'avoir donné aux François un Théatre qui manquoit à la pompe des plaisirs de la Capitale, & à l'admiration des étrangers parmi nous. [1]

Il est certain que depuis l'administration de Lulli, la splendeur de l'Opéra n'a pas été, à beaucoup près, en croissant ; ce qui a nécessité la mission importante que le Roi a donnée à une Compagnie respectable pour une prompte réformation des abus de tous genres qui ont amené le spectacle de l'Opéra au point de désertion & d'ennui, qui faisoient gémir sur son sort : cette Compagnie a, par le nouveau réglement, la même étendue de pouvoir que Lulli ; mais comment s'opérera la réformation dont elle est chargée ? Avançons nos détails, & suivons.

DEUXIEME RÉFLEXION.

De l'exemple des mauvais succès de Perrein

qui fut peu intelligent, & de l'autorité de Lulli plein d'activité, & de génie pour faire profpérer fon entreprife, & qui n'étoit ni contredit, ni arrêté par perfonne, nous fommes déja bien fondés à en conclure *qu'il ne faut qu'un chef*, qui, placé par la nouvelle adminiftration, ait *un pouvoir illimité*, ainfi que Lulli l'avoit fur tous les agens fubalternes de l'Opéra, comme Moliere l'avoit dans l'origine du théatre François fur tous fes camarades : cependant ce chef dont-nous parlons, rendroit compte de quinzaine en quinzaine à l'affemblée de fes Commettans, dont il auroit l'entiere confiance.

TROISIEME RÉFLEXION.

Mais quel détail immenfe ! & quel homme pourroit y fuffire ?

Réponfe ; cet homme - là peut fe trouver, mais, à coup sûr, il faut que ce foit quelqu'un de fort verfé dans l'exercice journalier de voir, & de préfentir tout ce qui peut davantage intéreffer, & fixer l'inconftance du public, en variant fes plaifirs. (*a*) Cette intelligence fine, telle que nous la

---

(*a*) Le nouveau Réglement, article I^r, parle d'un *Directeur général* : fera-t-il comme nous le defirons, le Plénipotentiaire de fes Commettans?

defirons, & ce vafte & sûr coup d'œil, ne font pas donnés à tout le monde, il eft vrai ; mais il exifte certainement de ces hommes - là, & il ne faut qu'avoir envie de les trouver, & d'en être bien fervis en leur promettant accueil, protection, confiance perfévérante, & récompenfe : pourfuivons, Monfieur.

QUATRIEME RÉFLEXION.

Quand cet homme courageux, capable, & méritant, feroit muni de toute la confiance dont nous parlons, & qui lui eft néceffaire, il faudroit lui donner des bureaux ; la même intelligence dans chaque partie fauroit le guider dans le choix de fes Coopérateurs, qu'il furveilleroit, & auxquels il pourroit même faire efpérer des gratifications particulieres fur fes recommandations, à proportion de la fidélité, & du zele qu'ils auroient marqué, & promettroient de continuer à marquer pour le bien général de la chofe.

CINQUIEME RÉFLEXION.

Ces bureaux feroient indifpenfablement diftribués en quatre claffes.

Le premier bureau feroit compofé de deux Muficiens de mérite, dont l'emploi confifteroit, non pas à juger, & à décider fouverainement du sort des ouvrages ; ils auroient encore moins la liberté dangereuse de les rejetter, ou de les accepter, suivant leur goût, ou leur caprice ; mais leurs fonctions se borneroient à examiner seulement si toutes les partitions de musique qui pourroient être présentés à ce bureau pour arriver au grand jour de l'Opéra, soit en un acte, soit en deux, soit en trois, en quatre, ou en cinq, seroient dignes que la copie en fût tirée avec toutes les parties aux frais de l'Académie, pour être ensuite, lesdites partitions appréciées & jugées par le Public seul, ainsi & de la maniere qu'il sera dit ci-après. (a)

Le second bureau seroit également composé de deux maîtres habiles de danse, pour décider de la

---

(a) 1° Il seroit à souhaiter que les deux Musiciens dont il s'agit, ne fussent que de bons Musiciens, & bien instruits des regles de la Composition, mais ne fussent pas des *Compositeurs*; autrement leurs rivaux seroient toujours écartés ; & pour briller davantage quand ils auroient quelques productions à donner, ils ne laisseroient passer que le médiocre. Cette considération est bien essentielle à remarquer.

2°. Si nous chargeons ici l'Académie des frais de copies des Ouvrages qui seroient trouvés en état de paroître, c'est que sans cette facilité, il en seroit beaucoup d'excellens qui ne pourroient jamais être entendus, parce qu'il est beaucoup de Musiciens qui n'ont pas toujours devant eux 4 ou 500 livres pour subvenir aux déboursés de copies.

disposition

diſpoſition des talens de tous ſujets qui s'offriroient dans les deux ſexes à l'école publique où ſeroient données des leçons de danſe, & enſeignés les premiers principes de cet art, dans lequel on eſt toujours médiocre, comme dans bien d'autres, ſi l'on n'y apporte les plus beaux, & les plus riches préſens de la nature.

Au bout d'un temps, & lorſque les chefs de l'école l'eſtimeroient convenable, ces ſujets ſeroient enſuite jugés par le public, accueillis, ou rejettés de lui, ainſi & de la maniere qu'il ſera dit ci-après, comme pour l'admiſſion des partitions de muſique deſtinées à reſter en définitif à l'Académie en propriété, aux conditions dont nous parlerons auſſi ci-après.

Le troiſieme bureau ſeroit rempli de même par d'habiles Violons qu'on prendroit de préférence parmi ceux de l'Orcheſtre, pour décider de la capacité des ſujets qui ſe préſenteroient pour entrer à l'orcheſtre, & remplacer les ſujets que l'âge, des infirmités, ou des mécontentemens particuliers forceroient de ſe retirer ; & depuis les premiers Violons, juſqu'aux derniers inſtrumens, pour la dignité de l'Opéra, la gloire de ſon Orcheſtre, & la perfection de l'exécution des poëmes, il ſeroit important que les chefs dudit troiſieme bureau chargés de ce ſoin, fuſſent difficiles, &

B

n'admiſſent que de brillans ſujets pour quelqu'inſ-
trument que ce fût. Ils ſeroient chargés de même
du ſoin de veiller , (& il faudroit le leur bien
recommander ,) à ce que les Concertans ne s'écar-
taſſent point de la muſique qui ſeroit ſous leurs
yeux , en brodant à leur maniere , ou en jouant
tout autre air de fantaiſie , comme en uſoit le
Concertant ſur la tête duquel Lully caſſa ſon violon,
& comme en uſent encore beaucoup de Concertans
de nos jours , lorſque le genre de muſique qu'ils
exécutent n'eſt pas de leur goût , & lorſqu'il y a
des factions & des cabales contraires dans l'Orcheſtre , & qu'enfin pluſieurs ſe ſont décidés à
faire tomber un opéra , comme cela n'a été juſqu'à
préſent que trop ordinaire. [2] Il faudroit audit
cas inférer de grandes peines aux délinquans ,
ſans quoi la nouvelle adminiſtration , quelques
fuſſent ſes efforts , ne réuſſiroit pas mieux que
celle à laquelle elle va ſuccéder. Ces peines ſeroient contenues dans un réglement de diſcipline
à faire , & dont ce n'eſt pas le lieu de nous occuper ici (*a*). Continuons.

Le quatrieme bureau avec ſes deux chefs ,
préſideroit aux leçons de chant qui ſeroient enſei-

(*a*) Cette diſcipline eſt déja en partie fixée par le nouveau
Réglement, art. 21, & 22.

gnées, comme celle de la danfe, dans une école
publique, où feroient admis tous fujets des deux
fexes, qui marqueroient de brillantes difpofitions
de la nature, pour au bout d'un certain temps
débuter devant le public, qui fixeroit feul leur
fort ainfi, & de la maniere, que nous le dirons ci-
après, comme pour la danfe, pour l'audition des
poëmes mis en mufique, & l'admiffion des concertans de l'orcheftre. (a)

Mais, nous dira t'on, & des juges des poëmes
à mettre en mufique, vous ne nous en parlez
pas ?

La réponfe eft que cela eft inutile. C'eft la mufique fur la tête de laquelle repofent pour ainfi
dire, les colonnes qui foutiennent l'Opéra. Or il
n'appartient qu'aux grands Muficiens, (& nous re-
gardons cette maxime comme inconteftable) de
juger du prix des matieres qui leur convien-
nent. [3] Et quel poëme, fût-il un chef-d'œuvre
décidé tel par les gens de lettres du premier mérite, a jamais été mis en mufique, fans que le Muficien n'ait demandé des changemens, des réfor-

____

(a) L'article 30 parle bien d'*Écoles* à inftituer, mais ne
détaille que des devoirs généraux. Peut-être la nouvelle
Adminiftration fentira-t-elle qu'il faut aller plus loin, en
claffant, comme nous venons de le faire, les coopérateurs de
fes fages deffeins.

mes confidérables , & des facrifices fouvent très-douloureux à l'auteur des paroles ? Il n'y a que ceux qui n'ont point travaillé avec des Muficiens , qui nieroient ces vérités d'expérience journaliere. Ainfi point de bureau pour juger du mérite des poëmes. Cette dépenfe feroit inutile. Les poëmes ne manqueront pas , dès que les muficiens qui auront des talens , & qui afpireront à la gloire des Lulli , des Campra , & des Rameau , feront fûrs de pouvoir être entendus , & jugés par le public , & ne feront plus expofés à effuyer ces dégoûts, ces longueurs pour parvenir à la repréfentation , & ne craindront plus cet aviliffement de démarches, & de pas infructueux , qui écartoient néceffairement du temple d'Euterpe tous les talens qui étoient fans protection , ou fans faculté de faire de riches préfens , ou qui étoient fans intrigue & fans faction.

Ainfi point de bureau pour l'examen des poëmes ; l'Académie feroit favoir qu'elle ne s'occuperoit que de ceux qui feroient déja mis en mufique ; ce feroit à cet égard aux Poëtes , & aux Muficiens à s'arranger enfemble , & à débarraffer l'Académie de ce foin ; il y a plus , l'Académie y gagneroit ; le Poëte fe mettroit en peine de choifir un bon Muficien ; fouvent il l'iroit chercher aux entrailles de la terre, ou dans les cieux ; & le bon

Muſicien à ſon tour, prendroit ſes précautions par un mûr examen des reſſources que le poëme ménageroit à ſon art, avant de le mettre en muſique.

Venons maintenant à la maniere dont le public jugeroit lui-même du mérite des poëmes, de la muſique, des ſujets deſtinés au chant, à la danſe, & à remplacer ceux qui manqueroient à l'orcheſtre.

SIXIEME RÉFLEXION.

Cette partie qui fait ſuite naturelle de mes précédentes réflexions, eſt, Monſieur, comme vous l'allez ſentir, la plus importante de toutes, parce que toutes les autres ne tendent qu'à celle-ci, & lui ſont ſouverainement ſubordonnées ; mais avant de m'expliquer plus au long , poſons quelques axiomes fondamentaux en matiere de Théatres.

1° Tout ſpectacle public, n'a de but principal que d'attirer le public, & de le fixer par des amuſemens, & des plaiſirs analogues *au genre* de ce ſpectacle.

2° Nul juge auſſi que le public ne peut décider ſûrement du mérite des moyens qui ſeront imaginés pour l'amuſer, & le fixer. Cette vérité eſt ſi ſenſible, que les chûtes des ouvrages qui le plus ſouvent ont été eſtimés excellens par *des prétendus connoiſſeurs, gens de goût, d'eſprit* ou *Directeurs* de ces ſpectacles, ont été auſſi les chûtes *les plus éclatantes,* & les *plus humiliante* spour les auteurs les prétendus gens de goût & connoiſſeurs , & pour les chefs de ſpectacles , tous trompés dans leur vain eſpoir , & finiſſant par dire avec quelques Journaliſtes , *que le public ne ſait ce qu'il veut lui-même , & qu'il faut mépriſer ſes jugemens comme ſes caprices.*

Avec de tels principes , & ce mépris , une ſalle ſe trouve vuide de ſpectateurs , & les Chefs , ou Directeurs en ſouffrent , à moins que, comme ſous la direction de l'Opéra qui finit , ces Chefs n'ayent rien à perdre , & que leurs appointemens n'en ſoient pas diminués , autrement il faut travailler ſur nouveaux frais ; étudier de nouvelles pieces , & s'occuper de nouveaux moyens de plaire au public pour le ramener , & duquel ſeul il s'agit auſſi de captiver le ſuffrage. Car c'eſt lui ſeul qui en donnant une miſſion honorable aux bons auteurs , flétrit les médiocres ; dit hautement ce qui l'amuſe , comme ce qui le fatigue, & l'ennuie, & prononce en ſouverain ſur toutes les nouveautés qui lui ſont offertes , & revient rarement des proſcriptions qu'il a une fois décernées.

Ces vérités capitales étant ainſi reconnues, (& il n'eſt guère poſſible de les contredire raiſonnablement ,) nous oſons aſſurer que la nouvelle adminiſtration de l'Académie, ne ſera pas plus heureuſe que celle qu'elle va remplacer , ſi elle fuit les routes anciennes, & fait juger du mérite des talens deftinés à concourir aux charmes de l'Opéra, par des connoiffeurs & gens de goût prétendus, qui ne feront ni plus merveilleux, ni plus certains du fuffrage du public, que tous ceux qui jufqu'à préfent fe font dit en poff éder la fcience & le fecret. [4] Ces gens de goût & d'efprit en effet ne font pour l'ordinaire que des juges, ou prévenus, ou féduits, ou entraînés par des motifs particuliers à plutôt accueillir les productions de tel ou tel protegé, que d'un autre qui ne le fera pas, dont le nom n'aura jamais frappé leurs oreilles, & qui quelquefois ne cherche pourtant à rompre le voile épais des ténèbres qui le couvroient, qu'avec un chef-d'œuvre. Et voilà de graves inconvéniens qu'il fera très-important de prévenir, & d'écarter de la nouvelle adminiftration de l'Académie Royale de Mufique.

Mais conftituez le public lui-même juge en premier reffort de toutes les nouveautés que vous difpofez pour fes plaifirs ; que lui-même mette la couronne fur la tête des talens qu'il daignera ap-prouver, & encourager ; que ces talens auffi dans tous les genres n'aient que le public pour juge, & pour appréciateur ; donnez-leur fur-tout un vafte Théatre ; qu'il foit dreffé fous les yeux de la Capitale entiere, & que la Capitale entiere puiffe s'y réunir pour y voir les talens aux prises les uns avec les autres, & s'y disputer les palmes brillantes de la victoire ; alors promettez-vous des prodiges, & le public qui les aura fait naître, les verra de même se multiplier sous ses yeux ; & les succès de l'Opéra seront constans. Plus de doute sur les nouveautés qu'il perfectionnera pour l'hyver ; plus de dépenses énormes, & inutiles pour des ouvrages écrasés avec fracas dès leur naissance ; enfin plus d'études ingrates, & sans profit. Rendons, ces vérités plus sensibles par quelques exemples.

D'abord je ne voudrois pas que le Théatre dont nous parlons, fut aucun Théatre privé ; pas même celui des menus ; encore moins celui de l'opéra. Pourquoi cela ? C'est parce que toutes les fois que vous inviterez le public à un Théatre particulier ; dans une salle privée, précisément pour soumettre à son jugement le mérite des divers talens que vous voudrez ensuite lui montrer dans un plus grand jour, ce public y apportera sûrement sa morgue fiere, cette sévérité, & ces dégoûts que la prévention fortifie encore, toutes les fois qu'on lui dit *venez voir, & jugez.* Ce seroit bien pis, si vous lui donniez des essais sur le Théatre même de l'Opéra, où il est accoutumé à voir, & où il ne veut voir que des chefs-d'œuvres. Certainement il précipiteroit aux enfers tout ce qui n'en auroit

pas le caractère & la dignité ; & vos tentatives, &
vos soins, seroient sans succès, quelques annonces
que vous pourriez faire.

Autres considérations non moins essentielles à
saisir : vos spectateurs sur quelques Théatres pri-
vés que vous fissiez vos essais, se trouveroient
composés ou d'amis, ou d'un nombre de citoyens
convoqués par billets, comme il se pratiquoit ci-
devant aux répétitions générales de nouveaux
Opéras, & dès-lors vous n'atteindriez pas encore
votre but. La raison en est simple ; c'est que ces
sortes d'assemblées sont toujours indulgentes ; qu'il
y auroit de la dureté à s'ouvrir librement sur de
fâcheux pronostics, & que ce seroit mal recon-
noître le plaisir qu'on nous donne toujours, en
faisant de nous une sorte de distinction, & en nous
invitant à voir la répétition générale d'un ouvrage
qui le lendemain amenera l'affluence de la capitale, & fixera tous les esprits sur son sort. Or ces
sortes de jugemens ne sont pas à beaucoup-près
ceux du public ; les jugemens des amis, ou de nos
partisans, le sont encore moins : il n'y a qu'un
public libre qui se presse, & qui paie, qui décide
avec sûreté, & ne manque jamais de faire usage
de ce droit qu'il regarde comme le prix de l'ar-
gent qu'il laisse à la porte avant d'entrer.

Écartons donc par des raisons aussi solides tout

Théatre privé, quelqu'il foit ; écartons de même les affemblées d'amis, & de partifans dont nous venons de parler, & qui font peu faits pour raffurer fur le mérite d'un ouvrage, ou de talens quelconques. C'eft ce que l'expérience a pleinement démontré jufqu'à préfent.

Quel que foit encore, Monfieur, le Théatre vafte & magnifique que nous choifirons, & duquel auffi nous avons déja fait mention, gardons-nous d'y inviter le public avec étalage ; comme il ne s'agira que de lui montrer des effais en tout genre, & même des ébauches, il faudra tâcher de ne les lui montrer que *par occafion*, & pour ajouter à d'autres plaifirs qui le raffembleront fans plus d'oftentation. C'eft ainfi que nos petits opéras comiques des Foires Saint-Germain, & Saint-Laurent réuffiffoient toujours ; parce que le public qui venoit à la Foire fans intention, & avec la bonne humeur qui le fuit par-tout ou il fe porte plutôt de lui-même, qu'il n'y eft invité, entroit à ces fpectacles avec gaîté, & fans prétention ; n'y fiffloit jamais ; difoit fon avis, & trouvoit fouvent de très-bonnes chofes qu'il applaudiffoit auffi comme telles. A peine la Comédie Italienne a t-elle eu renverfé ces Théatres, & l'Opéra-comique a t-il été admis au fein de la Capitale avec l'ambition de fe faire remarquer, & d'être auffi au rang des

grands fpectacles, que le public a tout-à-coup repris
fa férule , & lâché pour la premiere fois fes
fifflets fur la *Bagarre*, en ne témoignant plus d'in-
dulgence.

Inftruits par de femblables exemples , voyons
maintenant quel fera le Théatre que nous adopte-
rons de préférence pour les effais de l'Académie ,
& où le public fera auffi dans le cas d'apporter
toute fa bonne humeur , difons mieux toute fa
bonhommie , quand on ne lui marque d'autres
deffeins que d'ajouter à fes plaifirs , & de chercher
les moyens efficaces de lui en créer de nouveaux.

Or fur ce choix , voici mon idée. Je voudrois
que ce vafte Théatre fi néceffaire , & fi propre par
fon emplacement aux tentatives de l'Académie ,
ne fût dreffé que fous les aufpices, bien entendu
de ladite Académie , au Colifée.

Ce monument qui manquoit aux plaifirs d'été
de notre Nation, eft majeftueux ; prend faveur à
tous égards depuis que les créanciers ont placé
une confiance fans bornes, & méritée dans les foins,
l'expérience , l'activité , & l'intelligence du Directeur qui préfide à toutes les petites fêtes , ou petits
amufemens que la capitale y va chercher , moins
pour s'en occuper, que pour fe raffembler , & fe
voir [5]. Le même monument nous rappelle les
fuperbes édifices d'Athènes & de Rome , qui raf-

fembloient auffi, comme le Colifée de nos jours, ce que ces Républiques avoient de plus grand, de plus cultivé, & de plus policé.

Voilà donc le lieu qui feul convient aux effais de l'Académie, qui feul auffi affurera les plus grands fuccès à fes tentatives. Mais ne confondons rien, & allons pas à pas.

1° Point de doute, & nous l'avons déja infinué, que par les titres de fa création le Colifée ne foit fans droit pour l'érection du Théatre dont il s'agit. Donc il ne pourroit le dreffer que fous les aufpices de l'Académie, & pour le feul ufage de l'Académie.

2° Suppofons maintenant ce Théatre érigé, & tous les arrangemens pris par l'Académie avec les propriétaires, & créanciers du Colifée, pour que chacun eût lieu d'être content d'une utile affociation. Voici, Monfieur, de quelle maniere j'imagine que l'Académie pourroit tirer un très-grand avantage du Théatre qu'elle y feroit conftruire.

1° Le Colifée mettroit fes affiches à l'ordinaire.

2° Mais au lieu de Joûte, & des Courfes de Chevaux du fieur Hiam, & autres amufemens de ce genre, fur la même affiche, l'Académie ajouteroit : *Le public eft en même temps averti que par occafion , l'Académie lui fera entendre avec son orcheftre la mufique d'un nouveau poëme qu'elle deftinera à fes plaifirs pour l'hyver , fi le public encourage l'Académie par fes applaudiffemens donnés à l'effai ; & y remarque du mérite.* Nulle augmentation de prix d'entrée , pour ne point écarter la fimple Bourgeoife , & attirer la plus grande affluence qui ne permettra pas alors que les cris de quelques frondeurs , ou mécontens , (a) prévalentfurles fuffrages de la multittude , & laiffe dans l'incertitude l'opinion que l'on devra prendre du fuccès , ou de la chûte même de l'effai , par la maniere dont il aura été reçu.

D'où il arrivera de deux chofes l'une , ou que l'effai en général aura été applaudi , ou ne l'aura pas été ; qu'on y aura trouvé plus de bon , que de taches ; des longueurs à ôter , des morceaux finis ou à retravailler ; ou l'ouvrage enfin aura entiére-

---

(a) Cette efpece d'hommes mal nés , & mal conftitués , eft déteftable dans la fociété , parce qu'elle eft toujours prête à empoifonner par goût , ou parhabitude , les plaifirs des autres. Elle valoit bien la peine de figurer avec la multitude des originaux , & des travers déja immolés fur le théatre ; & c'eft ce que le Protée de Comédie Françoife a fortement confeillé d'exécuter. Ce fujet a été traité en conféquence fous le titre de *Mécontent de tout* , en cinq actes , & en vers , & doit être inceffamment préfenté au Comité des Comédiens François.

ment déplu. Dès-lors l'Académie qui ne l'auroit propofé au public que pour effai , lui prouveroit fon envie de s'affurer des moyens de lui ménager des plaifirs pour l'hyver.

Si l'ouvrage en général avoit plu , le Muficien pendant un délai convenú , profiteroit des remarques & critiques judicieufes qu'il auroit entendues, & après l'Académie réafficheroit que le public verroit l'effai des Balets. Même obfervation que deffus relativement aux critiques.

Enfin l'Académie prendroit un jour où l'Opéra feroit vu dans tout fon enfemble , excepté qu'il feroit dénué de la magie des décorations , & de l'illufion des habits des perfonnages qui n'y figureroient qu'en habits bourgeois , l'Académie ne fe chargeant de pouffer plus loin les dépenfes , qu'autant que le public par le dernier effai témoigneroit fa fatisfaction.

Et que l'on ne croie pas que le public qui ne verroit au Colifée l'ouvrage que par parties , & comme une ébauche , ne fuppléeroit pas à l'illufion complette qui manqueroit dans l'exécution. Il eft jufte ce public , & indulgent quand on fait prendre fes momens. Il fentiroit très-bien la prudence de l'Académie , & il lui en fauroit gré.

Il en feroit ainfi des fujets qui fortiroient des mains des Maîtres pour la danfe, ou le chant , ou le jeu d'aucuns inſtrumens : montrés au grand jour ſur ce vaſte théatre, le Public les encourageroit, leur marqueroit leur place, ou les rejetteroit du Temple d'Euterpe & de Terpſicore.

Delà on conçoit quel gloire il en réſulteroit, & pourles Inſtituteurs, & pour les Éleves, & combien l'Académie y gagneroit de tous côtés, & ſéroit ſûre enſuite de ſes nouveautés, & de ſes ſujets.

M. Linguet l'a judicieuſement remarqué dans ſon numéro ſix du mois de Février : toute inſtitution ſolitaire remplit rarement l'eſpérance qu'on en avoit conçue ; le Public ſeul peut former les ſujets & les talens qui ſe conſacrent à ſes amuſemens, & eſt auſſi ſeul en droit de prononcer ſur leur véritable mérite : d'où M. Linguet conclut que les théatres de Province ſeront toujours la meilleure école pour ceux qui ſe deſtineront à monter enſuite ſur ceux de la Capitale. On vient de voir que nous penſons auſſi qu'il n'y a que le Public qui, en aſſignant de juſtes récompenſes aux talens, puiſſe leur donner une miſſion honorable ; & quelle formation plus ſûre, & quelle miſſion plus honorable, que celle qu'ils recevroient ſur un théatre élevé au ſein même de la Capitale, & deſtiné, par l'Académie Royale de Muſique elle-même, à leur y procurer des emplois, & des couronnes. [6]

OBJECTIONS.

1° Comment l'Académie Royale de Muſique pourroit-elle s'arranger avec le Coliſée pour ſes eſſais, & en retirer les dépenſes acceſſoires que ces eſſais auroient entraînés ?

PÉPONSE. Rien de plus facile d'abord que cet arrangement : le Coliſée ſait par ſes regiſtres à combien monte, du fort au foible, ſa recette les jours, & même les jours d'ouvertures qui lui amenent le plus de monde.

Suppoſons cette recette montant à 3500 liv. ſans aucune déduction des frais, & dépenſes que coûtent les amuſemens ordinaires que le Public y trouve, qui ne ſont pas bien piquans par le retour, & le cercle uniforme qui leur ſont aſſignés, mais quels qu'ils ſoient, le Public commence à *convenir de ſe raſſembler* dans cette vaſte enceinte; & ſous ces magnifiques portiques, que des factions ennemies, & des cabales, ont trop décrié à la naiſſance de ce brillant édifice; or, il y a tout à parier (attendu que l'affluence de ce même Public y prend maintenant ſon cours, à peu près comme les eaux d'un fleuve qui, ſemblant regretter leur ancien lit, s'en frayent un nouveau, où elles ſe groſſiſſent de jours en jours, & acquierent une liberté, & un eſpace qu'elles n'a-

voient

voient pas en beaucoup d'endroits dans le premier lit qu'elles quittent enfin, & où à force d'être resserrées, elles se précipitoient plus vîte aussi, & privoient les yeux du plaisir d'admirer la netteté & la transparence majestueuse de leur cryftal) nous le répétons avec confiance, il y a tout à parier que dès que l'Académie afficheroit au Colisée les essais, & débuts de talens dont nous avons parlé, le Public doubleroit, tierceroit, ou tripleroit son affluence; alors rien de plus aisé que de marquer les reprises de l'Académie.

Suppofons donc qu'une précédente recette du Colisée eût été à 3500 livres, & que celle où un essai de l'Académie auroit été fait, s'élevât à 7000 liv. sur les 3500 liv. que l'essai auroit procuré d'excédent de recette ordinaire au Colisée, il conviendroit dès-lors de prélever tous les frais occasionnés par l'essai ; frais qui, comme on le preffent, n'iroient pas bien haut.

Enfuite l'Académie abandonneroit au Colisée un quart du bénéfice net, & garderoit le surplus pour elle.

Deux conféquences : la premiere eft que le Colisée gagneroit fenfiblement à un pareil arrangement.

La feconde eft que l'Académie Royale de Mufique y gagneroit auffi ; 1° parce qu'ayant de cette

C

forte le suffrage préalable du Public sur les nouveautés qu'elle voudroit lui donner sur son grand théatre, avec toute la majesté, & l'appareil qu'elle y conserve, elle ne seroit plus exposée à faire souvent pour 60 ou 80000 livres de dépense pour monter une piece, & en voir la chûte inattendue.

2° Elle y gagneroit encore, parce qu'en multipliant les essais, & les débuts, quand il conviendroit, sans beaucoup de dépenses, elle se formeroit pour l'hiver un sûr répertoire de bonnes nouveautés, & retireroit de leur essai, des bénéfices toujours assurés. (a)

SECONDE OBJECTION.

Mais pour tous ces essais, il faudroit que l'Académie, ou sa nouvelle Administration, perdît bien du temps; il faudroit qu'elle cessât aussi d'ouvrir, ainsi qu'on l'avoit déja proposé, pendant les

---

(a) Sous l'ancien régime de l'Académie, il arrivoit toujours que l'ouvrage qui paroissoit, y venoit ou *à force ouverte* par la protection, ou *du gré* des Directeurs d'alors. L'ouvrage protégé avoit-il du succès? la Direction étoit chargée de la haine & du mépris du public par son mauvais goût. Au contraire l'ouvrage ne réussissoit-il pas? le public n'en n'étoit pas plus content de l'Admnistration, & c'étoit toujours l'Académie qui payoit ces sottises là, & partant se ruinoit.

mois de *Juin*, *Juillet*, & *Août*, qui font les trois mois de l'année, morts, comme l'on dit, pour les trois Spectacles, & d'où le public s'exile d'autant plus volontiers, (lui offrît-on des chefs-d'œuvre) qu'il n'aime point à s'enfermer dans la brillante faifon, & qu'il fe fait une obligation étroite de refpirer le bel air pour le maintien de fa fanté, & profiter d'un temps qui n'eft que trop court ; & dont la fuite le contiendra bientôt l'hiver à ne point quitter fes foyers, ou à ne les abandonner de nouveau, que pour rentrer dans les tombeaux de nos Salles de Spectacles, & y rechercher fes amufemens accoutumés.

RÉPONSE. La feconde partie de l'objection tombe, comme on vient de le voir, d'elle-même. Pourquoi l'Académie, qui a intérêt de profiter des fautés de l'ancienne adminiftration, perfévereroit-elle fous la nouvelle, à ouvrir dans une faifon précifément où elle n'a rien à gagner par la retraite du Public, mais où elle n'auroit que des dépenfes gratuites ? Il eft certain qu'en n'ouvrant, pendant les trois mois dont on vient de parler, que le vendredi qui eft fon beau jour, l'Académie réveilleroit davantage pour elle le goût du Public, & perdroit moins, fuppofé toutefois qu'en ne donnant que ce feul jour à la Ville, elle s'appliquât à ne lui repréfenter que de bons ouvrages ; car dans toutes les faifons de l'année, le public ne va qu'à ceux-là ; l'Académie feroit encore attention à ne les faire jouer que par les meilleurs Acteurs, & avec tout l'appareil convenable, & la précifion poffible.

Cette premiere réforme établie, c'eft-à-dire, l'Académie ne donnant que le vendredi, [7] pendant les trois mois de Juin, Juillet & Août, vu l'exil volontaire du Public de nos Salles de Spectacles, alors fes Agens, & Coopérateurs fubalternes, toujours fous la direction fuprême du Chef intelligent dont nous avons donné plus haut la définition en traçant fes devoirs, ne manqueroient pas de temps, & n'en perdroient point pour les effais en queftion ; mais, objecteroit-on encore, que de befogne, & de travail leur refteroit à faire ?

Réponse. Eh ! mais fans doute : dès que l'indifférence pour le fuccès, ou la pareffe, feront à la tête de toute adminiftration poffible, il en réfultera les plus funeftes maux, & la ruine des grands corps qui feront travaillés des deux vices que nous venons d'indiquer. Le bel ordre de la nature elle-même ne s'entretient que par le mouvement éternel, & l'activité inaltérable des élémens qui font rouler les planettes fur nos têtes, & donnent à notre globle cette impulfion terrible qui confomme tout les vingt-quatre heures, la révolution circulaire de ce globe fur fon axe, & ne lui fait rien perdre de fon équilibre. Il en eſt de même des Gouvernemens des Royaumes, & des Empires ; ſi la nonchalance, & l'inaction endorment le Souverain ſur ſon trône ; ſi ſes Coopérateurs à l'adminiſtration publique, partagent ſon apathie, & ſon indifférence, tout eſt perdu ; le travail ſeul, & l'amour perſévérant du travail, operent des prodiges, & aſſurent les ſuccès. Ainſi les Agens choiſis par la nouvelle adminiſtration de l'Académie Royale de Muſique, pour répondre aux vues des Chefs, ne doivent ſe flatter ni de repos, ni de ralentiſſement dans leurs ſoins, pour conſommer la grande entrepriſe de la réforme, & retirer de ſes fondemens où il alloit diſparoître, l'un de nos plus intéreſſans, & de nos plus magiques Spectacles.

TROISIEME OBJECTION.

Mais enfin, j'ai vu, direz-vous, Monſieur, par l'expoſition de vos idées ſur les eſſais projettés, que l'Académie Royale de Muſique annoncera au Public que ces eſſais feront exécutés par les Concertans de ſon orcheſtre ; & des Danſeurs & Chanteurs, vous n'en parlez pas ? Croyez-vous que tout ce monde-là fera facile à conduire, & voudra concourir à vos vues de bien public ?

RÉPONSE. Je ne vois pas d'abord pour quelle raifon des membres attachés à l'Académie Royale de Mufique , & payés par elle, refuferoient d'obéir aux ordres fupérieurs qui leur feroient donnés pour le bien même & la gloire de cette Académie : le refus d'obéiffance ne pourroit qu'indigner les Adminiftrateurs ; & il faut retrancher du corps , tout membre qui refufe de concourrir à la vie des autres, [8] & ne tend au contraire qu'à les détruire. (*a*)

En fecond lieu, nous voici fur une corde bien importante à toucher, & cette partie de nos réflexions demande à être traitée avec le plus grand foin.

Il s'agit donc de pourvoir à l'intérêt des premiers Acteurs & des premieres Actrices, (*b*) comme à celui des premiers Danfeurs & des premieres Danfeufes. Nous ne dirons rien des Décorateurs & Machiniftes , qui continueront à bien fervir l'Académie , & à mériter les applaudiffemens du public : reprenons.

Point de doute que l'intérêt ne foit l'ame uni-

____

(*a*) Les art. IV , V, & X du nouveau Réglement font de la plus grande fageffe à cet égard.

(*b*) C'eft ce qui eft fait par les art. XII , XIII, XIV, & XV.

verfelle qui détermine les actions de tous les hommes, crée les talens, les échauffe & les foutient ; aussi paffe-t-il déja pour certain dans le public que les Auteurs & les Muficiens n'auront plus fous la nouvelle adminiftration une fomme fixe pour leur récompenfe, & qu'ils toucheront des honoraires en proportion de leurs plus grands fuccès. Les autres Théatres, à la vérité, ont établi cette maniere de récompenfer parmi eux les talens ; mais on fait auffi combien eft modique encore la mefure qu'ils ont fixée pour la récompenfe , & combien les locations à l'année de leurs grandes & petites loges la diminuent. Quelle fera donc la mefure des bénéfices qui feront joints par la nouvelle adminiftration aux lauriers des talens ? C'eft ce que nous n'entreprenons pas ici de preffentir ; la fageffe de la nouvelle adminiftration y pourvoiera fans doute à la gloire & à la fatisfaction de tous * ; laiffons donc-là le fort des Auteurs des Poëmes, & de la Mufique pour ne nous occuper que de l'intérêt des principaux Acteurs & Actrices, Danfeurs & Danfeufes.

Voiez les articles 18, 19, & 21, du nouveau réglement.

Comme ces talens-là font déja appréciés du Public, & qu'ils lui font devenus chers, il eft hors de difficulté qu'il faut que l'appas des récompenfes, jointes aux honneurs , les excite à concourir à la réforme des abus qu'il eft queftion de frapper & d'anéantir, & à se prêter à tous les moyens qui feront tentés pour y parvenir.

Ainsi, partons de quelques exemples. Cent fois l'on a dit que fous l'administration qui finit, les premiers Acteurs, Actrices, Danseurs & Danseuses, avoient mille écus fixe d'appointemens, & qu'on y ajoutoit pareille somme pour gratification ; de-là il n'est pas encore difficile de concevoir comment ces Messieurs & Demoiselles prenoient fort peu d'intérêt au succès d'une nouveauté, comment ils en accéléroient même la chûte, en ruinant l'Opéra, soit par des retraites combinées, soit par des maladies, & indispositions feintes, en chantant, & jouant cinq ou six fois, & laissant ensuite leurs rolles à des doubles, ou peu intelligens, ou désagréables même au Public. Mais supprimez ces appointemens fixes, montrez les salaires, *augmentés* ou *diminués* en proportion de l'affluence du Public, que l'harmonie générale des principaux ressorts de la machine amenera & fixera au Spectacle ; alors vous faites disparoître les petites santés, les indispositions feintes, & les mauvaises volontés de concourir à l'intérêt général *. Pourquoi cela ? C'est que tous ces Agens-là se nuiroient à eux-mêmes & à leurs honoraires, & qu'il est rare que l'homme se détermine au mal, ou ne fasse pas tout ce qui dépend de lui, quand il s'agit de son

(*) *Lenouveau réglement y pourvoit.*

intérêt perſonnel, & de retirer les plus grands avantages de ſon travail, de ſon induſtrie & de ſes talens.

Ceci poſé, nous n'avons plus d'embaras pour déterminer les principaux Acteurs & Actrices, Danſeurs & Danſeuſes, à ſe prêter aux vues du bien général de la choſe, & à ſeconder le zéle de la nouvelle adminiſtration pour les eſſais dont nous avons parlé; car il en ſera de ces eſſais comme d'une mine précieuſe à fouiller; plus les intéreſſés y trouveront de métaux précieux à travailler, & à perfectionner, & plus tout le monde aura lieu de s'applaudir de ſes recherches, de ſon courage & de ſes talens.

Mais quels ſeroient les honoraires des Agens ci-deſſus au cas des eſſais? Nous nous impoſons à cet égard le même ſilence, que ſur la rétribution à fixer par chaque repréſentation aux principaux talens qui concourroient au plus grand ſuccès d'une nouveauté de l'Académie. Dès que le Réglement de rétribution pour ceux & celles qui rempliroient leur devoir, ou de peines pour ceux & celles qui y manqueroient, ſeroit une fois promulgué pour les repréſentations publiques à la ſalle de l'Opéra, il ne ſeroit pas difficile de faire un article auſſi *pour les récompenſes* de ceux qui concourroient à la brillante exécution des eſſais ſur

le théâtre du Colifée, ou de peines pour ceux &
celles des Acteurs & Actrices qui fe difpenferoient
de remplir cette partie de leur devoir, de manière
que les amendes accroîtroient toujours aux émo-
lumens des membres zelés, & qui fuppléroient ceux
de mauvaife volonté, qu'il feroit important de
reprimander avec févérité, & même de punir en cas
de récidives trop fréquentes; mais tout ce ci dépen-
deroit de la confection foignée d'un fupplément de
réglement, & nous n'en dirons pas d'avantage. Il
nous fuffit d'avoir montré que toutes les fois que
l'on aura pourvu à l'intérêt des particuliers, leur
fervice fera conftamment fait avec zele, & vous
aurez levé même pour nos effais, tous les obftacles
à écarter. Avions-nous d'autres vérités à établir?

QUATRIEME OBJECTION.

Ainfi pendant les trois mois de Juin, Juillet
& Août, ftériles pour le grand théatre de l'Opéra
à la ville, vous ouvrirez au Colifée la barriere à
tous les talens qui lui font néceffaires, & qui feront
dans le cas de lui devenir pendant l'hiver d'une
reffource infinie. Poëtes, Muficiens, Chanteurs &
Chanteufes, Danfeurs & Danfeufes de mérité,
Violons & autres joueurs d'inftrumens diftingués,
auront une entiere liberté de defcendre dans

l'Arene, fous les yeux mêmes de la Capitale ; de s'y livrer le combat, & de s'y difputer, comme chez les Grecs & les Romains, dans les beaux jours de ces Républiques , l'honneur d'étonner la nation , & d'y cueillir les palmes de la victoire.

J'accorde l'exécution, m'allez-vous dire encore, Monfieur ; mais tous ces effais, & combats répondront-ils à vos efpérances ? & s'ils font fans fuccès ? fi le public perfévère à accufer ce fiecle d'indigence, & de ftérilité pour les talens ? s'il réprouve, blâme tout, & n'eft content de rien ? fi vous échouez enfin ? . fi . . fi . . &c. &c.

Réponfes. 1° Avec des hypothefes il eft impoffible d'ofer rien entreprendre.

2° Dans le cas même où ces hypothefes pour le malheur de nos plaifirs fe réaliferoient, on feroit toujours forcé de convenir qu'au moyen de l'expérience, & des effais mis fous les yeux du public, qui les auroit appréciés, l'Académie Royale de Mufique, qui n'a pas d'autre juge à fon grand Théâtre de la ville, s'épargneroit bien des inquiétudes, bien des dépenfes, & des études inutiles de nouveautés, qui le plus fouvent l'ont ruiné jufqu'à préfent, [9] parce qu'on avoit été obligé de s'en rapporter à de prétendus connoiffeurs, & gens de goût, & que le public s'eft moqué auffi fouvent de leurs décifions, que de leurs prétendues lumieres.

D'ailleurs il eſt de toute impoſſibilité , que dans la multitude des eſſais qui ſeroient préſentés au nom de l'Académie ſur le théâtre particulier du Coliſée , il ne ſe trouvât pas des Poëtes , & des Muſiciens aſſez heureux pour plaire. La facilité de recueillir promptement de cette maniere la récompenſe de leurs travaux , & de leurs veilles , allumeroit une émulation qui échauffant tous les cœurs qui adorent la gloire , & toutes les têtes propres à enfanter des merveilles , feroit renaître parmi nous le ſiecle admirable de Louis XIV , où des priviléges excluſifs n'avoient pas mis encore les talens aux fers , & ne leur avoient pas défendu auſſi d'aſpirer à l'immortalité , & aux honneurs brillans de la repréſentation , à moins d'employer toutes ſortes d'intrigues , d'avoir des protecteurs puiſſans , & de ſavoir dévorer auſſi toutes ſortes d'aviliſſemens , de rebuts & de diſgraces.

D'autres entraves qui juſqu'à préſent ont donné la mort aux talens , qui peut-être auroient illuſtré ce ſiecle & notre nation ſur les trois théâtres de cette Capitale , c'eſt la néceſſité dont on leur a fait la loi d'être jugés ou par l'ignorance , la prévention & la partialité qui ſiégent pour l'ordinaire au tribunal des tripots , ou d'être admis ou rejettés d'après les déciſions de ce que l'on appelle les connoiſſeurs , gens d'eſprit & de goût , que nous n'aimons pas à beaucoup près , & que nous n'avons jamais aimé, parce qu'il ont étouffé plus de vrais talens, qu'ils n'en ont aidé.

D'ailleurs il existe une grande vérité, c'est que plus les talens se sentent de vigueur, de fierté & d'élévation, plus ils dédaignent, & méprisent aussi cette censure domestique, & ces décisions privées qui les ravalent au dessous de ceux qui les jugent, & qui ne sont encore pour eux rien moins que de sûrs garans pour les suffrages du public ; dès-lors cette humiliation dont on leur impose la loi, les écarte nécessairement du courage d'entrer dans la carriere, & de songer à s'immortaliser ; dès-lors la seule médiocrité rampante, & pour qui tous moyens de parvenir sont excellents, monte sur la scène du monde, & flétrit l'honneur du siecle ; au contraire brisez les chaînes des talens, ouvrez une lice aisée au génie ; qu'il ne soit plus contraint dans sa marche, ni forcé de s'abaisser, son essor n'aura plus de bornes ; il franchira tous les obstacles ; l'univers ne sera pas assez vaste, ni les cieux assez élevés pour assigner des limites a son vol ; il sera le génie enfin, & vous aurez des chefs-d'œuvre, & vous lui verrez créer, & multiplier les merveilles.

CINQUIEME OBJECTION.

Mais cette liberté, cette facilité d'essais, & de débuts, admise, quelle abondance de matériaux,

& quelle multitude de talens de tout genre, & de toute efpèce vous offrirez au public à juger ? Pourrez-vous fubvenir à cette multitude, & vos trois mois vous fuffiront-ils ?

RÉPONSE. 1° L'abondance, & la multitude des fujets fera une richeffe pour l'Académie. Ne feroit-ce pas une folie de s'en plaindre, la nou-velle adminiftration n'ayant d'autre but que de feconder un fol qui commencoit à devenir trop ingrat, & à refufer tout efpoir de moiffon ? Jamais les temps d'abondance n'ont effrayé le cultivateur laborieux, & qui connoît fes intérêts. S'il multiplie les coopérateurs qui lui font alors néceffaires, il retrouve dans leurs travaux le dédommagement de fes peines & de fes débourfés.

2° Quant à la poffibilité de fubvenir à l'abondance, nous avons déja fait entrevoir les moyens d'y parvenir ; un chef infatigable, fecondé par des Agens fubalternes infatigables comme lui, répondront du fuccès ; nous le répétons ; point d'efpérance dans quelqu'entreprife que ce foit, fans une attention, une activité & des foins éternels pour la conduire à fon but.

3° Quant à la queftion fi les trois mois fuffiroient pour exécuter, & foumettre au jugement du public les effais & débuts propofés, on répond, 1° que fi l'Académie, dans le cours des trois mois

mentionnés, avoit été affez heureufe pour tirer de
la mine qu'elle auroit ouverte au Colifée, des
matériaux fuffifans pour fon emploi, & fon utilité
pendant l'hyver, rien n'empêcheroit qu'elle fer-
mât la barriere, en annonçant qu'elle la rouvriroit
l'année fuivante, avec les mêmes folemnités, & les
mêmes honneurs dûs aux talens qu'elle inviteroit
à de nouveaux efforts, pour mériter ainfi les
encouragemens du public, & les honneurs avec
les profits de la repréfentation qui leur feroient
réfervés par rang fur le grand Théatre de l'Académie.

4°. Et qui empêcheroit d'ailleurs que l'Académie,
fi la premiere récolte étoit fatisfaifante, d'ouvrir
l'année fuivante un mois plutôt ? Maîtreffe en tout
temps de faire ufage de fes droits, on ne voit pas
quels obftacles s'oppoferoient à ce qu'elle n'ac-
célérât les évenemens qui enflammeroient plus que
jamais l'émulation des Auteurs encouragés, & qui
rendroit à la fociété & à des devoirs plus convena-
bles, ceux qui auroient échoué dans leurs defirs,
& dont le public auroit mal accueilli les médiocres
talens.

Mais nous ne doutons pas, & c'eft ce qui fe réalifera
fous les yeux même de l'Académie, que les deux
autres Théatres de la Capitale, la Comédie Françoife, & la Comédie Italienne, n'imitaffent un
jour la prudence de l'Académie, & n'ouvriffent de

même au Colifée la barriere aux autres talens qui fe confacrent à acquérir auffi de la gloire fur ces Théatres, & font jaloux d'arriver le plutôt poffible, pour fe défabufer, au faîte de la difgrace, s'ils fuccombent ; ou à celui de la gloire, s'ils font nés pour elle.

Ces évenemens feroient d'autant plus prompts, que nous ne propofons point comme M. Dorat dans les réflexions qu'on lit à la tête de la nouvelle Édition de fon Célibataire, de mettre à l'étude toutes les nouveautés quelqu'elles fuffent, lorfqu'elles auroient été préjugées être en état de paroître fous les yeux du public ; ce travail feroit trop dur à exiger des Acteurs, & Actrices ; tous les effais de l'Académie Royale de Mufique, foit pour les poëmes, foit pour la mufique, ne fe feroient donc que le cahier à la main ; & une étude préalable de deux ou trois heures au plus, mettroit (à ce que nous imaginons,) les Acteurs & les Actrices, ou des Eleves déja jugés favorablement du public, à portée de remplir parfaitement les vues de l'Académie pour les effais ; finiffons.

Nous le répétons avec confiance, les moyens que nous venons d'indiquer rapidement, & qui feroient encore fufceptibles de développemens propres à faire mieux fentir leur *utilité*, & *néceffité même*, nous paroiffent d'un fuccès affuré ; pour

arriver

arriver au grand but de réforme en tout genre, que se propose la nouvelle Administration de l'Académie Royale de Musique, pour la restauration & la gloire de ce Théatre, réforme indispensable, & dont la nouvelle Administration sent toute l'importance. Nous n'aurons qu'à nous applaudir de notre travail, & de notre zèle pour la revivification de l'Opéra, si aidé des lumieres du public sur ce travail, il daigne en même temps nous manifester son vœu, & nous suggérer des moyens mêmes plus heureux (*a*) à employer pour seconder les efforts de la Compagnie chargée par le Souverain, de veiller à la conservation de l'un de nos plus brillans Spectacles, où les Arts, les talens, & la beauté y étalent aussi un concours plus magnifique & plus digne de l'empressement de la Capitale, & de l'admiration des Étrangers.

(*a*) Il n'y a sans doute que de la reconnoissance à avoir pour ceux qui en écrivant ne songent en effet qu'à éclairer leurs semblables, & à réunir de communs efforts *pour édifier, & arriver au mieux ;* mais pour ceux qui ne se plaisent qu'*à objecter, combattre & détruire,* sans autre dessein que de *poursuivre le néant,* & de nous faire *éternellement désespérer du bien,* & de couronner d'*utiles projets,* on ne peut alors vouer cette classe d'hommes-là qu'au souverain mépris, & jamais on ne leur doit de réponse.

D

NOTES PARTICULIERES.

[1] Pag. 13. EN comparant les grandes chofes aux petites, ne pourrions-nous pas attribuer à la même caufe les fuccès foutenus des deux petits Spectacles forins qui nous reftent, celui d'Audinot & de Nicolet? Il femble que partout où il y a plufieurs maîtres, la diverfité dans la maniere de fentir, de voir, & de juger, & dès-lors les *combats* d'opinions entraînent toujours les mauvais fuccès, & la décadence des plus heureux établiffemens. Il en eft de même du gouvernement des Empires.

Que l'on voie auffi combien les *gouvernemens intérieurs* de nos Comédies Françoife, & Italienne, font aujourd'hui orageux, & remplis d'abus, depuis que la puiffance s'eft partagée entre tous les membres, & qu'entre ces membres fe rencontre encore des individus, qui même en paroiffant prendre l'opinion de leurs affociés, maîtrifent les fuffrages, & les décident toujours pour ce qui leur plaît ou leur deplaît. Sans des coups d'autorité, ou fans beaucoup de peines, & de patience de la part des Auteurs, aurions-nous au théatre François l'*Œdipe* de M. de Voltaire, *Mérope*, *Mélanide*, le *Philofophe marié*, le *Glorieux*, la *Métromanie*, fur-tout, lue par ordre d'un Miniftre, & l'*Hyperméneftre* de M. le Mierre, qu'un Prince auffi grand par fa naiffance, que chéri pour fa bonté, & fa protection envers les gens de Lettres, fit recevoir & jouer? Nous pourrions joindre une plus ample lifte de bons ouvrages dédaignés, ou rejettés fouvent par le caprice de quelques tyrans de la fcene, & même de leurs camarades ; ou retardés par les inimitiés, & les divifions intérieures des Troupes ; mais cette énumération nous meneroit trop loin, & fortiroit des bornes de notre plan.

Nous ne pouvons cependant terminer cette note fans avertir que de femblables orages à la Comédie Italienne, & le peu d'union qui regne , foit dans les goûts, foit dans les defleins, & les paffions des affociés, foit dans leur maniere de voir, nous auroit auffi privé à ce Théatre, fans des ordres fupérieurs , de la reprife de *Tom-Jones* , avec d'heureux changemens que ces Meffieurs ne vouloient pas goûter, ou qu'ils étoient incapables d'appercevoir; du *Roi & du Fermier*, reçu, appris , & joué avec des difficultés incroyables, effuyées par les Auteurs des paroles & de la mufique, de la part des Arcontes Italiens. Qui ne fait de même que le *Serrurier* & le *Tonnellier*, ces deux petites pieces qui ont le mérite de leur genre, & néceffaire aux ouvrages donnés à ce Théatre, n'y euffent jamais paru, fans des ordres fupérieurs également donnés à la Troupe ? Qui ne fait.... Qui ne fait.... &c. &c. Arrêtons-nous. Ces détails font trop dégoutans pour nous en occuper davantage , & montrer combien dans ce brillant fiecle de lumiere & de Philofophie, il fubfifte d'abus énormes contre l'émulation des Beaux-Arts, & l'honneur de ceux qui fe confacrent à leur culture. C'eft donc par l'Académie Royale de Mufique , que la réforme projettée , va commencer. Veuille le Public feconder, pour fes plaifirs, & la gloire de ce magnifique Théatre, les vues généreufes de la Compagnie qui a miffion du Roi pour y travailler, & en accélérer les bons effets.

[2] P.18. Si nous en croyons de bons témoignages, il eft difficile d'imaginer jufqu'à quel point la fureur de nuire a été portée au fecond Opéra du jeune, brillant, & fécond

Muſicien dont tout Paris avoit admiré le début dans ſon *Union* de l'*Amour & des Arts*.

Tout le monde a ſu en effet, que cet Opéra, qui eût un ſuccès ſi prodigieux, fut pourtant rejetté quatre fois de l'ancienne Direction, ſur le prétexte que la Muſique en étoit *pitoyable*, & compoſée ſans aucune connoiſſance des *regles* & des *principes*. Cette aſſertion au fond reſſemble à celle des Matérialiſtes, qui ſoutiennent que la création du monde n'a point d'Auteur, & que la belle & conſtante harmonie de l'univers n'appartient qu'à l'action, & à la réaction de la matiere ſur elle-même, & que c'eſt là tout le ſecret de la nature. Auſſi certaine clique réſolut-elle bien de ſe venger d'un Auteur qui acquéroit trop de gloire à ſon aurore, & dont la lyre étoit auſſi variée & auſſi douce que celle d'Anacréon. Les ſerpens de l'envie ſifflerent en conſéquence ſur ſa tête & tout autour de lui. Chaque jour lui faiſoit avaler de nouvelles couleuvres, & empoiſonnoit de chagrins ſon cœur. Tout ce que la jalouſie, & l'intrigue ont de plus bas fut employé pour avilir, dégrader & perdre le talent. Hommes de Génie! les ſiecles qui vous produiſent vous dévouent donc preſqu'en même temps à la honte, & à l'opprobre, dont la médiocrité, & les méchans ſauront toujours vous couvrir! Quelle triſte récompenſe! pour l'honneur de ces ſiecles-là, & celui des nations.

C'eſt ainſi qu'au lieu d'avancer dans la carriere, le vrai mérite effraié dès l'entrée, recule, frémit, & ſe perd ſouvent dans l'oiſiveté. Je me trompe, le vrai mérite, & le génie s'irritent des obſtacles. Du moins nous aimons à concevoir cette conſolante idée des Philidor, & des Gretry, ces talens d'un ordre ſupérieur, & que nous eſpérons voir bientôt reparoître ſur le magnifique théatre de l'Opéra, à peu près avec cet éclat que donne le Soleil lorſqu'il

 est demeué quelque temps caché derriere d'épais nuages.
L'œil de la nature ne les rompt que pour mieux nous étonner, & se venger pour sa gloire & nos plaisirs d'une pas-
sagére éclipse.

Il est pourtant certain que d'excellentes nouveautés sont
souvent anéanties dès leur origine, parce qu'il n'est que
trop de moyens secrets, & bien connus des chefs de meutes,
pour égarer le Public, & lui faire aveuglement adopter
leurs décisions, quelques injustes quelles soient. Pope a
judicieusement qualifié ces gens-là de *muets*, qui ne s'oc-
cupent qu'à faire des signes de tête, & d'yeux, & à souf-
fler à l'oreille pour nuire, & étouffer tout ce que leurs amis
ou partisans n'ont pas produit. C'est avec les mêmes idées,
qu'en termes différens, une plume célebre de nos jours,
a dit, en parlant de la facilité qu'il y a à tromper le Public,
« que c'est le cheval de manége le plus aisé à *mener*, à
» *subjuguer*, à *calmer*, à *fatiguer*, dès qu'il se trouve
» *monté par des écuyers habiles*, » & les méchans sont
passés maîtres dans cet art.

Aussi c'est de cette façon que le jeune Auteur de *l'U-
nion de l'Amour & des Arts*, & *d'Azolan*, (qui ne mé-
ritoit pas moins de succès) est devenu victime, & a été
forcé de pleurer sur les effets d'une gloire qui lui avoit
trop tôt fait un peuple d'ennemis, & auxquels la duppe-
rie du public a néanmoins laissé pour l'opprobre du mérite
& du talent, les honneurs du triomphe.

[3] Pag. 19. Il se rencontre quelquefois des Musiciens
assez niais, ou plutôt assez imbécilles pour convenir qu'ils
sont incapables de travailler pour le Public, *parce que*,
disent-ils, *ils ne se connoissent pas au mérite des paroles*.
Ils ne disent pas tout à fait les choses comme cela; mais

quelle capacité a donc un Muſicien, dont le travail eſt à l'Opéra encore plus pénible que celui du Poëte ; encore plus chargé de parties, & des rapports de toutes ces parties les un aux autres, en ſorte que la Muſique & le Poëme, par la prodigieuſe variété des reſſorts qui les lient, & les font mouvoir, ne faſſent qu'un bel enſemble, un tout admirable, ſi ce Muſicien n'a de connoiſſance que dans l'art de placer des notes, & de les coudre les unes aux autres ! A coup ſûr cet homme-là *n'a point de génie*, & n'eſt pas fait pour acquérir de la réputation. Pour faire de bonne muſique, une muſique pittoreſque, accommodée à tous les tons, à toutes les paſſions, & à toutes les ſitua-tions d'un Poëme, il faut avoir de *l'ame*, du *génie*, & de *l'eſprit*. Toutes les fois auſſi qu'un Muſicien manquera par la réunion de ces trois qualités eſſentielles, il ne ſera qu'un ſujet médiocre, & ſeulement un frivole Méchanicien dans l'art d'arranger des notes, & c'eſt à coup ſûr celui-là qui répondra au Poëte qui lui portera des paroles ; « mais tra-» vaillerai-je en ſûreté ? ou voulez-vous bien me laiſſer votre » Poëme, afin que je prenne l'attache d'*un homme d'eſ-» prit & de goût*, & que je m'aſſure du mérite des pa-» roles, & de l'ordonnance du Poëme, car je ne m'y con-» nois pas ? » Fuyez alors un pareil homme ; il ſera in-capable de donner un bel enſemble à ſon ouvrage, & de s'identifier en quelque façon avec ſes matériaux, puiſqu'il vous accuſe d'avance ſon ineptie à juger du prix de ces matériaux, & de leur convenance avec ſes talens.

[4] Pag. 23. Preſque tous ceux qui ont écrit des moyens de ſoumettre les Auteurs Dramatiques, à des Juges plus compétens, que ceux qu'ils ont aujourd'hui, ont tantôt imaginé de leur donner le tribunal de cinq ou ſix gens de

(55)

Lettres choisis, tantôt même celui de l'Académie Françoise. Mais nous penfons d'abord, avec feu M. Freron, que
le tribunal de gens de Lettres choifis, feroit encore fufcep-
tible de mille inconvéniens aifés à préfumer, & qu'il pourroit fe faire qu'une piece de théatre, ou Tragédie, ou
Comédie, qui auroit réuni le plus de fuffrage de l'Académie Françoife, n'en feroit pas pour cela plus certaine du
fuccès devant le Public, qui dès-lors fe gendarmeroit,
(car il n'aime pas qu'on le prévienne) & pourroit par des
fifflets concertés, déshonorer le fuffrage d'une Compagnie
trop refpéctable, & trop prudente pour jamais adopter un
auffi ridicule projet, foit pour les progrès de l'art, foit pour la
gloire des Lettres, & celle des Auteurs. Auffi voyons-nous
qu'il n'y a de moyen, que celui que nous indiquons, pour
débarraffer les Auteurs du joug de toute fervitude, & connoître les véritables goûts du Public; car c'eft toujours à
lui qu'il en faut revenir.

Cette note contredit fuffifamment les defirs de l'Auteur
d'un Ecrit intitulé : *Vues d'un Amateur de l'Opéra p.* 11.
Comme nous allions mettre notre Ouvrage à la Cenfure,
l'Ecrit ci-deffus a paru, & nous y répondons fur les feuls
articles fur lefquels nous différons d'opinions; car les deux
Ouvrages n'ont aucune reffemblance pour le fond, & la
marche, fi ce n'eft en ce que les deux Auteurs forment les
mêmes vœux pour la fplendeur, & la confervation de notre
Opéra.

[5] Pag. 27. Le Public a un tel befoin de fe voir en
Eté hors de nos falles de Spectacles, qu'avant Torré, &
l'établiffement du Colifée, il fe divifoit ordinairement dans
tous les environs de la Capitale, à S. Cloud, à Auteuil,
à Paffy, à Vincennes, &c. La portion qui ne fortoit pas

se répandoit soit à nos Thuileries, soit aux Boulevards.

Quand nous parlons du Public, nous exceptons *la classe* de citoyens qui, dans tous les temps de l'année, ne connoît de principal amusement que celui des guinguettes; encore est-ce le besoin de se voir aussi, qui rassemble ce monde là au milieu des pots, & des bouteilles, qui sont les étendards du ralliement.

Mais rien ne prouve plus particuliérement la nécessité de se voir, qui presse le Public dont nous parlons, que son espece d'assiduité religieuse à la promenade de ce qu'il appelle *les beaux boulevards*. Foule, carrosses, dangers, chaleur, vent & poussiere, rien n'est capable d'affoiblir son culte; souvent les femmes n'en remportent que des maux de tête affreux; des robes frippées, ou salies; nos élégans, des regrets d'y être venus; des habits également ou gâtés, ou couverts de poussiere, avec une sécheresse, & des maux de gorge qui n'en sont guere séparables; & chacun se répéte chaque fois; « *mais c'est une chose incroyable* » *que le goût que l'on a pour ces maudits boulevards;* » *qu'y vien-t-on faire, & quel autre agrément y trouve-* » *t-on; que le désordre, la confusion de tous les états,* » *la foule, & mille autres incommodités qui devroient en* » *éloigner pour toujours?* » On jure quelquefois de n'y plus revenir; mais ce sont-là les sermens des buveurs dont parle l'Opéra comique du Maréchal-Ferrant, & qui sont presqu'aussitôt oubliés, que faits.

Il en est de même de la promenade des Thuileries. Elle devient insipide au bout de deux ou trois tours d'allée, où l'on ne rencontre que les mêmes masques, ou les mêmes figures. Cependant quoique tout le monde convienne de cette insipidité, retournez-y le beau jour suivant; la *nécessité de voir*, & *d'être vu*, vous reproduira le même coup d'œil, & la même uniformité de visages. Ainsi le Public contracte des habitudes de saison qu'il ne peut rompre, *& alors c'est à vous à l'aller chercher* ; à coup sûr si vous le voulez renfermer il vous échappera, & vous n'y parviendrez jamais.

[6] Pag. 31. Revenons à la remarque de M. Linguet. Il est certain qu'il n'y a que la présence du Public qui soit capable de créer, d'enflammer & de perfectionner les talens qui se destinent à ses plaisirs. En conséquence M. Linguet renvoie les Éleves sur les Théatres de province ; nous avons de la peine à croire qu'en partant de ses principes, il ne voie pas avec nous combien le vaste Théatre dont nous parlons, & qui seroit élevé sous les yeux même de la Capitale, auroit bien d'autres avantages. Nos meilleurs Acteurs de province apportent toujours les imperfections du sol d'où ils sont transplantés, & rarement ils ont le bonheur de plaire à la délicatesse, & à la finesse du goût de nos Parterres, avant d'en avoir reçu des leçons assidues, pendant deux ou trois ans, & d'avoir profité d'une infinité de remarques particulieres qui leur sont faites par beaucoup d'amis, de personnes éclairées, & qui ont le ton, comme l'on dit, *de la meilleure compagnie.*

Sur notre Théatre ce seroit le Public lui-même de la Capitale qui lanceroit les athletes dans la carriere, les encourageroit, & leur procureroit *cette perfection* qu'il desire sur nos grands Théatres ; dès-lors nos Eleves se rendroient avec une noble ambition dignes des leçons du maître ; & le Maître à son tour, ne manqueroit pas de leur en marquer sa satifaction par des applaudissemens aussi justes que soutenus.

Ici nous ne concordons encore nullement avec *les vues*

de l'*Amateur*, qui conseille d'instituer un *Opéra ambulant*, dont tous les sujets ne rapporteroient vraisemblablement à la Capitale que *le limon* des provinces qu'ils auroient parcourues. Cette idée d'*Opéra ambulant* n'est pas heureuse à beaucoup près; la seule dénomination sonne mal à l'oreille; il n'y a évidemment que la Capitale qui soit assez habile pour former des sujets tels qu'elle les veut, & c'est sur le Théatre que nous indiquons, qu'elle se plairoit à donner ses leçons.

L'idée d'un Vaux-Hall, ou Jardins d'assemblée, établi aux dépens de l'Académie, n'est pas plus séduisante, que celle d'un *Opéra ambulant*. Et où trouver en effet, un lieu propre à construire un édifice plus pompeux, & ordonner des Jardins plus agréables que ceux du Colisée ?

[7] Pag. 36. Quelqu'un objectera peut-être, 1° mais que proposez-vous là? Comment la nouvelle Administration, pour signaler l'utilité de son regne, commenceroit par supprimer à l'Opéra deux jours de spectacles par semaines, le Dimanche & le Mardi! Eh! mais l'ancienne Administration en eut bien fait autant; & dès que la nouvelle se charge de réveiller l'attention du Public, & de l'attirer par la réforme des abus qui hâtoient la ruine de ce Théatre, par la désertion des Spectateurs, travaillez donc à inventer des moyens de les amener, & de les fixer, & ne les bannissez pas au contraire tout à fait, en leur fermant au plus vîte la porte du temple que vous annoncez vouloir rendre & plus fréquenté, & plus brillant.

2° Ne craignez-vous pas que les deux autres Théatres privilégiés de cette Capitale, si vous portez au Colisée vos Spectateurs des Dimanches, & des Mardis, ne vous accusent de leur ruine, & ne s'opposent avec vigueur à vos tentatives de réforme & d'amélioration de votre chose ?

Répondons par ordre 1°; c'est une plaisante objection que de dire aux gens, ou faites *l'impossible*, ou vous ne serez pas plus *merveilleux* que ceux que vous remplacez. C'est là précisément tout le fort de l'objection, & nous avons déja prouvé que ce seroit tenter absolument l'impossible (& la nouvelle Administration ne tardera pas à en être convaincue si elle se laisse séduire par le spécieux de cette objection) que de prétendre enfermer le Public pendant les trois plus beaux mois de l'année, lui donnât-on des chefs-d'œuvre & des nouveautés, toutes les semaines, ce qui seroit un autre projet absurde. Les autres Théatres sont également convaincus de ces vérités d'expérience ; pourquoi voudriez-vous donc alors que la nouvelle Administration ne prît pas une route plus sage, & n'employât pas mieux ses soins que l'ancienne Administration, en épargnant & du dégoût aux Acteurs, qui ne se plaisent point à jouer dans les déserts, & des dépenses qui ne seroient qu'à la charge du Théatre sans profit?

2° Quant à l'opposition des autres Théatres au projet de la nouvelle Administration de tirer hors de la ville un meilleur parti de deux de ses jours, qu'elle rendroit plus lucratifs, & plus utiles à ses grandes vues de reforme, on ne pense pas que cette opposition allât bien loin. En effet, que l'Académie use dans toute son étendue de l'exercice de son privilége à la ville, ou hors de la ville, ou dans les fauxbourgs, tant qu'elle se renfermera dans le droit de la propriété, quels autres spectacles pourront raisonnablement la contredire? Il y a long-temps que l'axiôme du *qui peut le plus, peut le moins*, a levé de semblables difficultés. Si l'Académie en essuyoit, en n'abusant point des droits de son privilége, il ne lui seroit pas difficile de les faire disparoître, & nous ignorons seulement comment nous avons eu le courage de nous expliquer sur les moyens qui militeroient en faveur de l'Académie, au cas d'une auſſi pitoyable oppoſition. D'ailleurs qui empêcheroit les autres Spectacles d'imiter la conduite de la nouvelle Adminiſtration de l'Académie Royale de Muſique, & de profiter au même lieu, & par les mêmes moyens des avantages infaillibles qui réſulteroient des mêmes tentatives pour leurs doubles, les débutans & le dégorgement facile de leurs nouveautés accumulées, engorgement actuel qui détruit l'émulation, & qui ne fait pas la richeſſe de nos Théatres, & de notre Littérature, à beaucop près.

[8] Pag. 38. Mais, nous dira-t-on, *bene fit;* coupez, taillez, & tranchez toutes les branches de l'arbre, qui périra, ſi vous ne le débarraſſez des parties qui altéreront les ſources de ſa vie, & en détruiront les ſucs nourriciers. Mais de l'arbre de l'Opéra, comment en ôteriez-vous, par exemple, Mlle ***, Mlle ***, M^{rs} ***, ſi ces membres-là refuſoient de coopérer à vos vues d'utilité publique, & à la récréation que vous méditez? Qui les remplaceroit? comment feriez-vous? que deviendriez-vous?

La réponſe, pour engager ces membres-là à contribuer de leur mieux au ſuccès des efforts de la nouvelle Adminiſtration eſt déja faite, & écrite dans le nouveau réglement. C'eſt par l'intérêt perſonnel que l'on s'aſſure communément, & efficacement de la conduite, & du zele des particuliers; mais enfin ſi cet intérêt étoit ſans poids, & ſi les membres en queſtion ne cédoient à aucune conſidération, à aucun motif de ſe bien comporter, je ne vois pas alors qu'il fallut tout perdre pour les conſerver. La nouvelle Adminiſtration ſeroit bien fondée à recourir à une ſevérité, & à un éclat qui ne pourroient qu'être infiment agréables au Public, dès qu'il ſeroit inſtruit des cauſes

de la rigueur avec laquelle on auroit puni les rebelles ;
car le Public est fier, & comme ce seroit lui avoir essen-
tiellement manqué à lui-même, que d'avoir refusé le ser-
vice à une Compagnie qui ne veut s'occuper que de ses
plaisirs & des moyens assurés de les multiplier, il arriveroit
que ce Public dès-lors prendroit, s'il nous est permis de
nous exprimer de la sorte, *le fait & cause* de la Compagnie, & auroit bientôt oublié ceux qui se seroient mis
dans le cas de mériter sa disgrace ; il en a déja donné
mille preuves dans des cas semblables, & dont nos his-
toires & anecdotes de Théatres sont pleines. Nous en con-
venons, les grands & utiles sujets sont beaucoup à ménager ; mais aussi l'impunité, & la dépendance des supérieurs
vis-à-vis des inférieurs, ont des suites funestes qu'il importe de prévenir, & qui ne sont jamais tolérées par toute
puissance éclairée sur ses véritables intérêts ; autrement il
n'y a point de bien à faire, & il faut absolument y re-
noncer.

Sur-tout il est besoin à l'Opéra de la plus grande harmonie dans la volonté des supérieurs ; la prospérité de ce
Specctacle n'en dépend pas moins, que de la fermeté dans
l'exécution des réglemens ; personne ne disconviendra aussi
que ce Théatre ne soit vraiment en cette Capitale le plus
difficile à conduire, & à discipliner, par le nombre des
Sirennes qui y dominent, & dont les promontoires seront
toujours d'une approche périlleuse pour les vaisseaux les
mieux conditionnés, & les Pilotes les moins faits pour
commettre des fautes, tant qu'ils n'imiteront pas la prudence d'Ulysse, en prenant l'intérêt de la chose publique
pour mât, & en s'y attachant avec autant de courage,
que d'insensibilité.

[9] Page 43. L'Amateur dans l'écrit déja mentionné, page 20, voudroit introduire le mariage des *Opéra Comique* avec notre grand Opéra, c'est-à-dire, donner les premiers fur le Théatre de l'Académie, comme *petites pieces*. Ce projet n'est pas plus à goûter que celui d'un tribunal de gens de Lettres pour juger leurs confreres. La raison se puise d'elle-même dans la distinction essentielle des genres, quoique la Musique en soit la mere commune. Il arrive-roit que la maternité de la Musique les confondroit bien-tôt, & ne voudroit plus de différence ; ou plutôt il résul-teroit de la communauté du domicile, que le frere cadet voudroit l'emporter sur son aîné, & réussiroit peut-être à l'exterminer; ou bien il en naîtroit des monstres, que l'on feroit embarraffé de dénommer ; comme il est arrivé du *genre mixte*, introduit à la Comédie Françoise, depuis qu'on a voulu bifarrement accoupler *Thalie* & *Melpomene* ; genre que l'on a fini par appeller *Drame*, ce qui n'avance pas beaucoup la définition, car une *Comédie*, & une *Tragedie* font auffi des *Drames*, mais genre qu'il importe beaucoup à la gloire de Lettres, & pour l'honneur du goût, & du théatre François, de tellement perfécuter, que les fots qui l'admirent ; foient enfin étonnés de la révolution, & convaincus qu'il n'y a rien de plus aifé, que d'être guindé, & romanefque; rien de fi difficile au contraire, que de bien faifir les nuances de la belle nature, & d'être un Philó-fophe très-profond au Théatre, fous le mafque jovial du rire, & des graces.

- Mais revenons à nos moutons. Il y a tout à parier que fi jamais l'Opéra Comique devenoit en quelque forte *Garde du corps* à l'Opéra, la confufion des genres que nous venons d'indiquer, ne manqueroit pas de s'opérer avec la même rapidité, qu'elle s'est confommée même à la Comédie Italienne, lors de la réunion de l'Opéra Comique du *petit genre*, tel qu'on le voyoit aux Foires. Les *Toinettes*, les *Jérômes*, les *Lucas*, les *Blaise-Savetiers*, n'ont presque plus osé reparoître, sitôt qu'ils ont été au sein de la Ville. Les Auteurs à leur tour ont voulu s'agrandir avec le Théatre, & y prendre un ton plus élevé. Dès-lors il leur a fallu des sujets du plus haut tragique; des *Silvains*, des *Fusils*, des *Prisons*, des *Batailles*, des *Héros*; je crois même qu'il y a un Auteur qui traite actuellement à la du Rozoi, UN CROMWEL, & qu'on verra sur la scene tout un Parlement assemblé pour décider du sort, & faire abattre la tête de la premiere personne de l'Etat. O!... ô!... ô!... que cela sera grand, superbe & curieux à voir! Un mauvais CALAMBOURDIER sur cet article nous observa que ce spectacle, fidelement transcrit de l'Histoire, seroit tout au moins aussi pertinent à voir que la *Bataille d'Ivry Gaston & Bayard*, & les *Mariages Samnites*, chefs-d'œuvre attendu du même Auteur; ce sera au Public à en juger. Ainsi que deviendroit l'Opéra si vous mêliez ce genre d'intermede avec le caractere qui lui est propre? Il en faut absolument convenir; bientôt nous n'aurions plus de genre, ni de distinction de genre, comme le veut M. Mercier; & il faudroit alors s'écrier en *chorus*, avec feu M. Freron (qui ne tourmentera plus les bons Auteurs de ce siecle, à moins que quelqu'un de son sang, ou M. Clément ne lui succéde) *tombez murailles qui séparez les genres, &c.* Voyez cet article dans une des Feuilles de ce défunt Corsaire d'Alger, qui à l'exemple de l'Abbé des Fontaines, & d'autres actuels Journalistes, (mourant de faim comme lui) se faisoit un mérite de ramer.. de courir sur tout les GÉNIES de ce siecle; de mettre leurs petites nacelles à sac, ou de les couler à fond, après n'y

avoir trouvé qu'un-très-modique butin pour le dédomma-
ger des frais de la guerre. Ce feu M. Freron écrivoit en
outre des manifeftes pour juftifier fa guerre *aux genies*, &
les écrivoit d'un ftyle... mais il n'eft plus. Craignons toujours de confondre les genres, & de finir par ne plus avoir
de bonnes liqueurs en voulant trop les mêler. Les Maltô-
tiers par-tout ne feront jamais que des fléaux, & des
peftes publiques.

P. S. Des perfonnes viennent de nous affurer que pour
aller plus vîte, & fur le champ avoir de *beaux Opéra*,
il n'y auroit qu'à faire venir de grands Muficiens d'Italie.
Nous répondons que ces Muficiens-là, 1° ne forceroient
jamais le Public à s'enfermer pendant l'été au Spectacle.
2° Que fi cela réuffiffoit dans le commencement, le Public
ne tarderoit pas à retourner à fes premiers goûts, qui font
de fe promener, & de refpirer le bel air pendant l'été.
3° Enfin, ces Muficiens, fuffent-ils des *Pergoleze*, des
Picini, & des *Sachini*, ne tarderoient pas, comme le Che-
valier Gluck, à éprouver que l'enthoufiafme n'eft pas du-
rable chez nous. Les Nationaux que nous croyons avoir
tout autant de talens que les Etrangers, feroient juftement
humiliés de ces préférences ignominieufes, & leurs amis
les ferviroient comme de raifon; d'où il faut fe garder de
mander exprès des Etrangers, fi on veut leur éviter des
défagrémens qui les renverroient bientôt dans leur Patrie.
Qu'ils viennent d'eux-mêmes lutter chez nous & avec nous,
pour nous difputer la gloire de fe faire admirer, & d'être
admirables, à la bonne heure. C'eft de cette façon que nous
chériffons, & que nous admirons les talens charmans de
M. Gretry; autrement il eût échoué, & d'infurmontables cabales l'euffent promptement fait repaffer dans fon pays.

REFLEXIONS

RÉFLEXIONS

SOMMAIRES

Sur quelques articles du nouveau Réglement pour l'Académie Royale de Musique, du 30 Mars dernier.

Le préambule de ce Réglement annonce, & la protection manifeste du Prince pour le Théatre qu'il s'agit en quelque sorte de récréer, & l'intelligence de MM. les Commissaires choisis pour répondre à l'attente du Souverain, & aux vœux du Public : sur-tout ce Réglement donne les plus amples pouvoirs *de maintenir les différens sujets de l'Académie dans la subordination nécessaire à tout établissement nombreux, & dans l'exactitude qu'ils doivent apporter à remplir leurs devoirs.* Ainsi les Auteurs, & les nouveautés, pour leurs succès, ne dépendront plus du caprice, & du joug qui leur étoit ci-devant imposé par une multitude de subalternes, & de sujets de l'Académie : tout sera par conséquent dans l'ordre.

L'ART. IV est une confirmation littérale des plénissimes pouvoirs ci-dessus mentionnés : cet article enjoint d'obéir sur le champ, & par provision, aux ordres des Supérieurs : c'est de cette maniere que Lulli a si bien conduit cette machine.

L'ART. V menace du châtiment les refractaires aux or

dres donnés: bon article ; mais il ne fuffit pas qu'il foit écrit ; tous les Gens de lettres, & Muficiens, efperent qu'il fera fans doute fidélement exécuté.

L'ART. VII fixe des claffes pour la diftinction du vrai mérite parmi les Acteurs pour qui l'ancienneté ne fera plus un titre de préférence ; les talens feuls l'obtiendront. Les talens font donc affurés, dès-à-préfent, d'une protection diftinguée de MM. les Commiffaires du Roi, & MM. les Commiffaires n'ont plus à craindre de manquer d'excellens fujets.

Les beaux articles ! Que les art. XII, XIII, XIV & XV, & qu'il font dignes de la fageffe des nouveaux Adminiftra-teurs pour infpirer une noble émulation à tous les fujets qui ont de la capacité, & l'amour de leur état, & qui voudront encore augmenter leurs honoraires, appas fi effi-caces, comme nous ne pouvons trop le répéter, pour faire enfanter des prodiges, & maintenir dans les hommes cette ardeur qui leur eft fi néceffaire pour fe fignaler, & tendre vers la perfection l

. Les ART. XVIII, XIX & XX concernent les encou-ragémens & les récompenfes promifes aux Auteurs, tant des paroles, que de la mufique ; en voici le texte littéral : il eft trop précieux aux Gens de lettres, & aux Compo-fiteurs de mufique, & affure à MM. les Commiffaires trop de reconnoiffance de la part de tous, pour ne point tranf-crire en entier ces articles.

A R T.   X V I I I.

L'encouragement des Auteurs étant un des moyens qui peut le plus contribuer à la perfection & à la variété du

Spectacle , Sa Majesté a jugé à propos d'augmenter leurs honoraires , de les fixer de la maniere suivante.

A r t. X I X.

Chacun des Auteurs , soit du Poëme , soit de la Musique d'un ouvrage qui remplira la durée du Spectacle , recevra pour chacune des vingt premieres représentations 200 livres , pour chacune des dix suivantes 150 livres , & 100 liv. pour chacune des autres.

Veut en outre , Sa Majesté , que dans le cas où le nombre des représentations excéderoit sans interruption celui de quarante , il soit payé à chacun des Auteurs une gratification de 500 liv.

A l'égard des ouvrages en un acte , les honoraires seront fixés à 80 livres pour chacune des vingt premietes représentations ; à 60 livres pour chacune des dix suivantes , & à 50 liv. pour chacune des autres qui se feront aussi sans interruption : entend néanmoins , Sa Majesté , que l'administration ait la faculté de faire discontinuer les représentations de chaque ouvrage quand elle le jugera à propos.

L'édition du Poëme appartiendra à l'Auteur pour la premiere mise au théatre seulement , à la charge par lui d'en fournir *gratis* 500 exemplaires en feuilles à l'administration pour les distributions ordinaires ; & de se servir de l'Imprimeur de l'Académie , ainsi que des Distributeurs ordinaires.

A r t. X X.

Sa Majesté désirant donner de plus en plus aux Gens de lettres , & aux Compositeurs de musique des marques de la protection qu'elle leur accordera dans tous les temps ;

veut qu'à l'avenir les Auteurs des Poëmes & de la Musique qui auront fourni trois *grands ouvrages*, dont le succès aura été décidé pour les faire rester au Théatre, jouissent, leur vie durant, d'une pension de 1000 livres, qui augmentera de 500 livres pour chacun des deux ouvrages suivans, & de 1000 livres pour le sixieme.

Nota. Nous souhaiterions que ces termes génériques de *grands ouvrages*, assignassent des idées plus nettes : une *Tragédie*, un *Ballet Héroïque* en *trois actes*, sont regardés communément comme de *grands ouvrages*, parce qu'ils fournissent seuls un Spectacle complet : la qualification de *grands ouvrages* ne s'appliquera-t-elle au contraire qu'aux Tragédies en cinq actes ? Voilà le doute que résoudra vraisemblablement la sagesse de MM. les Commissaires, afin que les Auteurs aient *une juste idée* des honorables récompenses qui les attendent au bout d'une carriere aussi péniblement, que glorieusement fournie, d'après le vœu de l'article, qui leur devient le garant solide de ces récompenses.

Les Art. XXI & XXII prononcent des amendes contre ceux des sujets qui auront manqué aux répétitions, & ces peines ne sont qu'une suite nécessaire de l'infraction des devoirs.

L'Art. XXVII, sur les congés, pare à de grands abus, & il étoit bien important d'y pourvoir.

L'Art. XXX concerne les écoles de l'établissement desquelles nous parlons nous-mêmes aux pag. 15, 16, 17, 18, 19 & 20.

L'Art. XXXIX est encore très - essentiel à connoître pour les Auteurs, & nous allons le transcrire, afin qu'ils aient à arranger leurs desseins & leurs espérances sur le texte de cet article.

« La mise des ouvrages dans la saison propre à chacun,
» étant un objet très-important, l'Administration fera tous
» les ans deux répertoires, l'un pour les ouvrages d'hiver,
» & l'autre pour les ouvrages d'été. Le répertoire d'hiver
» se fera pendant la vacance du Théatre, & celui d'été,
» dans le courant du mois de Décembre. »

En général, ce Réglement est marqué au coin de la
plus sage & de la plus belle législation ; & il peut devenir
un gage, s'il est bien exécuté, de la restauration progressive
dont l'intelligence de MM. les Commissaires est chargée
par le Souverain, & que le Public espere du désintéresse-
ment, & de l'infatigabilité de leur zele.